野马渡

诗歌雅集

2017

2019

U0863062

老铁 主编

长江出版传媒
长江文艺出版社

图书在版编目（C I P）数据

野马渡诗歌雅集 : 2017—2019 / 老铁主编 . -- 武汉 : 长江文艺出版社，2021.3
ISBN 978-7-5702-0487-8

Ⅰ . ①野… Ⅱ . ①老… Ⅲ . ①诗集—中国—当代
Ⅳ . ① I227

中国版本图书馆 CIP 数据核字（2021）第 026284 号

责任编辑：谈　骁　　　　责任校对：毛　娟
装帧设计：新屿文化 · 傅远　　　　责任印制：邱　莉　王光兴

出版：长江出版传媒　长江文艺出版社
地址：武汉市雄楚大街 268 号　　邮编：430070
发行：长江文艺出版社
http://www.cjlap.com
印刷：天津午阳印刷股份有限公司

开本：850 毫米 ×1168 毫米　1/32　　印张：6.75　插页：4 页
版次：2021 年 3 月第 1 版　　2021 年 3 月第 1 次印刷
行数：3321 行

定价：48.00 元

目录

第一辑　辽阔人世

第二辑　苍穹之下

第三辑　词语音韵

第四辑　古典皱纹

第五辑　折叠时光

第一辑

辽阔人世

我们将再次赢得大把大把的好时光

没有谁能撕毁这不需要汗水

血泪承诺的，神圣的、伟大的契约

一切重新开始

龚纯

又将是春天了，一切重新开始
太阳送我们到城市深处，也到城市边缘
辛夷和李树，还在那儿生长
熟识的人们还在那儿安居，到处
都充满了怜惜与不舍
——空气似乎也会描绘某种行动的讯息
所有人都在一起，在雨雪后
在水雾中。
没有谁离开，离开的业已回来。没有谁
饥寒交迫。没有谁，孤独死去。
所有死去的人
都已经死去，所有活着的人
都将得到奖赏，哪怕脸庞布满沟壑
早已不再年轻。
——这世界多么美好，此时正属于我们。
晾在晾衣绳上的衣服看来
多么喜悦，我们的一生

等到清洁和畅的时刻。
就连最阴郁的头脑，也正常起来
最乌黑的梅枝
也迎来梅花，与喜鹊。
我们将再次赢得大把大把的好时光
没有谁能撕毁这不需要汗水
血泪承诺的，神圣的、伟大的契约。

2018 年 1 月 18 日

二月十四

钱十一

我一直在找一个，适当的时机
譬如二月十四
我送你一根刺，你送我一把刀
割你小腹的赘肉
把你割成当年那样

再不相见，我们就老了
不能活蹦乱跳，不能二十四桥明月夜了
不能用小斧头
劈开对方，看一看自己啥模样了

我一直想，扯掉你的水衣裳
刺穿你的铁心脏
今夜，你只是我齿下的一个名字

我想除了我

再没有人这样痛恨你了

2018 年 2 月

二楼画像

曹九歌

此刻安静，画像卷曲
天早已黑掉，日光灯在过道
行人从楼层间偶尔穿过
他们爱上楼梯清脆的回声

被熟悉的，还在画像上微笑
如同叶子回到树梢
落下后的它们被一只手捡起
就此回到过去，它们归位
就此义无，反顾

世间的画像总追求写实
一颦一笑，眼神深刻而虚化
镜片抹平了光的曲率
此去经年，人们促膝相向
放下语言的武器，于是言和
谈论那些不堪的，就该不堪

画像少了一张，谁也填补不上
理论的抵达，令人叹息

2019 年 5 月 31 日

三十年

罗书銶

1

三十年了
想起来却没有半点惊心
三十年前的那个小县城
工会，党校，小酒厂，小酱菜厂
偶尔会有两个影，单薄，消瘦
咀嚼着每次模拟考试后的分数
和被雨浇透的分离

如今，再也没有当年在雨中奔跑的体力
尽管我们都觉得还没老
在一个叫东门酒家的饭馆
我们嗑着瓜子，喝着白水
这个春天的韭菜依然是如此廉价

时间就堆叠在那里
铺满了三十年的尘土

我们吃得很少，基本不动筷
我们也聊得很少
如同这个深夜的广场，静寂如初

淡月照着我们的孤独
也只有这样的夜晚，让我们深知
就是这样的春天也快要走了
不惊心，是三十年前的恨别
今天你的转身，是安全的
三十年
被拉长的影，一直延伸到政府新大楼

2018 年 5 月 18 日

2
三十年来，没有收养一只猫狗
三十年来，总是小心翼翼
担心被人间遗弃

那些依然属于神的日子
挂在院中一棵枇杷树上

仿佛随时要掉落
树叶哗啦哗啦
划出了无数的影
也划过了三十年，或更久
藏着的隐秘

在溪水边，香樟下
作为一条躺在原野的命
谈不上安静，更遑论舒服
所有被神收养的罪过
释放着秋末般的肃杀

三十年，翻阅倒塌的经墙
每度回想，即是幻觉
年龄越长，越无信心
枯叶翻落成片，贴于华藏寺
乱糟糟尘世堆积的轰鸣
又何止碾碎三十年

2018 年 8 月 7 日

天门山的高处

刘亚武

青莲居士，现在我就要抵达
你所遥遥眺望的天门

请原谅，我的船身沉重，汽笛声过于急促
把流经的浊浪，全都压歪一尺
不能感觉你的扁舟，穿越江风的战栗

甚至缺少一个行路者，推门而入的神秘
月光绵延，尘世浩大
一道江流在此打结。北望，可曾辨识长安
一千二百年的悲欢
依然不断在水面飘荡，堆积

江水年年上涨
青山岁岁下潜

河水宽阔哦，居士，我们单薄的手臂

无法触碰或挽留，两岸孤峰上
缓缓后退的猿声
可是相比于任一朝代，此刻我们更靠近一扇门
或山峰的高处

2017 年 1 月

内心秩序

夏杰

当黄灯跳动，我感觉被光阴唠叨了几句
这是多年前的一次臆想
许多片段无法修复，似乎是
想找人吵一架才能评定日光带来的温存
多少让人羞愧有余
星河流转，母亲已笑容依旧
仿佛世界上的花都在自家院子里
而自己窝在斗室，为一种秩序
安排尘世
是的，她还不放心
每天骑着三轮车去寻找旧生活
当她按下刹车，等在路口时
我一直有种莫名的紧张
生怕红灯是她，绿灯是我

2019 年 2 月 2 日

风中的床单

江浩

一场睡眠
对折在栏杆上

你的一侧，正对着太阳
我这侧，隔着玻璃

夹子正咬紧风
就像在咬紧爱情

2018 年 6 月 9 日

风总会吹到你身上

刘亚武

风总会吹到你身上
一株荷花首先点了点头，接着是一群
最后是满池的大多数，都在律动
个头高挑的，舞姿热烈而曼妙
身材偏矮的像是群演
那些尚未发育的小荷
和背风的几株，成为安静的旁观者
——这夏日乐章中，最不合拍的部分

不管在怎样的季节，风都是
天才的演奏者
一首曲子，有时要弹奏很多年
当那些舞者身心倦怠，回到枯叶的宁静里
这时，当初的小荷
以及那些未曾得到风的眷顾者
一下占据了舞台的中央

2019 年 8 月

父亲的骨灰

老铁

我们把父亲的遗体推了进去
所有哭声，被挡在了门外

炉膛突然打开，火化工以娴熟的动作
把遗体推了进去
犹如当年父亲把一车土坯推进窑洞
刹那间，父亲燃烧的孤独
映亮了我们的悲伤

我们兄妹三人，静静地守在炉膛门口
犹如儿时等父亲回家

父亲出来时已化成了一捧灰
温暖而细腻，其间有钢板闪光
那是在他年轻时

就植入腿上的一块金属
年轻而坚硬的质地，一尘不染

2018 年 2 月 7 日

去掉

孙子兵

去掉眼镜
我就是一个睁着眼睛的瞎子
看不见世态炎凉
也看不清自己的卑微

去掉房子
我就是月光的蚁族
把家扛在肩上
低头泪流，抬头哀伤

去掉文凭
我就是一个农民工
在城市和家乡之间流浪
和风中的麻雀一样
来来去去找不到落脚的地方

2018 年 12 月 14 日

处暑日，母亲在忙碌

易水寒

天空高远
蛙声稀疏
这一刻的静谧催生清凉
几片树叶从高处跳下
抓住秋风的手
去唐诗里游历

故园正在金黄
赤膊的人换上长衫
踏着露珠观看水稻长势
痴情的芦花一夜白头
摇曳的身姿郁结感伤
无人能劝

村庄升起炊烟
八十岁的母亲又在菜园里撒籽成兵
白发飘动身体硬朗

她谙熟五谷

在土地上带过六十多年的兵

此刻

她精心培育

乐此不疲

2019 年 8 月 23 日

死亡是一件简单的事

老铁

灵堂之上，是我一位同学
她把毕业留影变成遗像
用了四十年时间。此刻，她静静躺着
遗容，在灵柩中返老还童
正好容纳了我们的悲伤

死亡真是一件简单的事
似如箭岁月，离弦而逝
一瞬间：心跳归零。呼吸归零
血压归零。脉搏归零
箭就这样穿过去

零，是万事开端。生命要是
能从零开始，多么好
有如一支柳条，从躯体折下，插地即活
沐阳光，吮春雨，饮空气
生根长枝发叶，让人生再复杂一回

但死亡太简单了

让生命说去就去，不重来

2017 年 11 月 30 日

行走

胡权权

在土地庙
喊一个人的名字回家
我们把双膝跪在地上，把头低下来
神灵挥一挥手，原谅世间
犯下的罪孽。再挥一挥手，给一个活过的人
让出一条道。从此，顺风顺水
逢凶化吉到天堂

我们不敢怠慢。烧香、磕头
沿来时路回转，过桥撒钱遇河放炮
给拦路的小鬼、要债的冤家一点小惠
俗世里用过的手段，再用一用
小心翼翼，我们放轻脚步
转过村口的老槐树
我们还要按村里老规矩点香鸣炮
告诉乡亲、邻里、陆家湾村

活着时的家，死去了
还是家

2018 年 5 月 16 日

异类

孙子兵

同事们一起打牌，搓麻将
你一个人读书，写诗，听音乐
同事们相约去喝酒，K 歌
你还是喜欢一个人读书，写诗，听音乐
同事们定期去休闲会所洗头，洗脚
你选择一个人待在家里读书，写诗，听音乐
偶尔看看电影，逛逛超市，打打篮球
把自己过成一个百无一用的书生

同事们买汽车买股票买房子买苹果电脑
你买米买菜买书买书买书还是买书
同事们拉帮结派钩心斗角把学生当成谋利
的介质，互相攀比金钱、成绩和职称的高低
越活越精明，越来越像报道里高尚的好老师
你独自到农场种地，用劳动、语言和文字
武装自己的思想，开拓自己的战场
工资之外偶尔收获微薄的稿费……

终于，你活成了同事中的异类
功比米小，心比天高，命比纸薄
有哀伤，有抱负，无理想，无追求，无愧于天地
无悔于自己的职业。注定失败的教师生涯
转眼就已经 35 岁，每天按时上班下班
在一张事业编制的表格中慢慢老去
一颗苦闷的心孤寂的心忐忑而惆怅
渐渐偏离了人民教师格式化的人生轨迹

2018 年 11 月 30 日

任尔悄悄迟暮

罗书銤

时空无比宁静
一切事物都在接受正午日光
天，一尘不染
甚至河底绿藻都清晰可见
黑鸭子在缓缓地游
草坪刚被环卫工人翻开
白杨树上筑巢的乌鸦
时不时地伸头张望

刚下过一窝崽的花狗
警惕地看着我
我的脚步变得谨慎
尽管唐突
我想这世界，谁都应有一份
包括不远处无名氏的墓碑
虽被长草覆没
必定纹丝不动

哦

那些藏在树叶间的鸣蝉将又能怎样

那些还在攀爬的苦瓜藤在展现什么

跑到灵隐寺去拜佛的人精神抖擞

这世间虚无，胜过夏季风

风滑过一轮黄昏

落日，真的已悄悄来临

2017 年 7 月 5 日

那些花儿

树枝

在楚地，在故乡
在越垒越高的坟茔之上
蠢蠢欲动的花蕾
追赶着一群喊破喉咙的人
他们捶胸，顿足，互抽耳光
之后，风停了
像是一场集体默哀
他们打开眼睛和耳朵
共享片刻的欢娱
此后，人间又多了一个
举着灯笼的人

2018 年 3 月 9 日

在辽阔的人世上

龚纯

春天刚刚过去，虫子还没有长大
树叶奇迹般的干净
阳光照耀着花桥镇，新鲜犹如初生。
几只歌鹩与一群麻雀
争抢露营帐篷和遮阳伞留下的空草地
孩子们尖叫，宠物犬奔跑
去高山杜鹃下撒尿。
庄重的男人轻搂着女士的腰——
只有疯子，在桥垛下
蜷缩身子睡觉。
在乡下，苍蝇嗡嗡飞着
在泥房子里交尾。
母鸡慢悠悠行走，抬起一只脚
久久没有放下。它惊异地
打量一个一晃而过
模糊的身影。尔后，它边走
边哼无字歌，那是

谢克顿先生在下雨天来临前
听过的曲调。
枫杨树林里，挂着一只失事的
纸鸢风筝
四望不见人类——
小河收集了昨夜的雨水，变得浑浊
但无翻滚
未来危险的泡沫。
三五鸭子在岸边觅食，扎猛子
蹼掌胡乱蹬腾，屁股
留在水面。
处于孩提时代的龚一，正修理自己的发电机
将十来只腐朽的电池加盐，并
串联在一起。
他远没长成青年，同时拥有两名女友
向父母咆哮，身上有个幽深
不安的西门。
推开轩窗，树阴浓重，大批大批白云
正经过老四所在的新繁镇。
那其中有且仅有谢克顿全部的恋人
还没有散去各个地方的

树林中哭泣
还没与他产生旷日持久的联系，一个
也不认识。
这世界，美好的事物那样多，那样多
1994 年晚春，M.M.T 长舒一口气
离开了人世。

2018 年 4 月 28 日

在南京

钱十一

那一年，收起怯懦
同数个女孩保持暧昧
在南京
秋意浓
秋天起的风
穿过好几个城门

没有缘由地
剪了长发，像好人一样
街道很宽
穿过须很小心
也曾崇拜大人物，但更多时候
躲在小房间
八平方米
就很知足

从城南到城北

须渡过江水。偶有跳江之人
生命像饺子
那一年，颗粒无收
唯独翻了几页书

不写字
也没有缘故

2017 年 10 月

在绿皮火车窗外

曹九歌

沉默务必在汽笛之后
故省份远离，落日西去
人们在拥挤之外流离
散去又聚拢，众人雷同
哦，这终究是分别的前夕
太聪明也太虚弱
绿皮火车窗前，两个对峙者
每天在重复着注视
一个被速度移动
另一个却被时间静止
当所有的事物都一闪而过
他们在今日依旧被蒙蔽
周而复始的坏脾气
让你自以为是，类似于
携带着两张过期车票
又记错了目的地

2018 年 11 月 9 日

在玛利亚广场

——赠 Anton

树枝

有人活在教堂里
有人活在十字架上
教堂里的人边忏悔边沉默
十字架上的人用苦难诠释善良

有人上天堂，有人下地狱
Anton 问我，相信这些吗
我摇头，天堂与地狱都太遥远
此时，此刻，此地
谈到已逝的亲人聚集身旁
谈到爱与善良
在玛利亚广场，颔首微笑
活在人间，一切刚刚好

2017 年 3 月 8 日

我从不提及的父亲

进进

十六年后再次见到他
是爷爷去世那天
他没有认出我
直到我喊叫母亲时

我也有没有认出他的时候
在我上初三时，他回老家办证件
去镇上学校看过我
这是爷爷后来说起的

他和母亲离婚时，我七岁
妹妹六岁，弟弟两岁
他很快和一个年轻的城里女人结婚
还生了一个儿子

听说他后来又离婚，但退休后找了老伴
他有过四个孩子

如今和别人的子女生活在一起

他给爷爷守了三天灵
显得异常平静
但我见过他的眼泪
那是在我的婚礼上
可我从来没有原谅他

爷爷下葬后
我们都要返回各自的城市
想到这应该是我和这个瘦小的老头
最后一次见面
临走时，我叫了他一声爸爸

2018 年 12 月 24 日

我闻不到花香已经很多年

孙子兵

我的鼻子有问题
容易感冒、流涕、打喷嚏
常常影响别人的情绪
除此之外，我的鼻子和别人的一样
都是呼吸的工具

其实
我闻不到花香已经很多年
小学三年级时的一次重感冒
让我成了一位鼻炎患者
和所有的气味绝缘

从此，我的生活少了各种各样的味道
也少了一些不必要的烦恼

2017 年 6 月 8 日

苦丁茶

冷眉语

爸爸。天真冷
羊肉馅饺子的味道很孤独
我想你
苦丁茶在水中打转的现场有点恍惚
一些浮起
一些还没有落定
恍如昨日浩劫
爸爸。上有天堂，下有苏杭
你和我分住在
谚语两端
说近不近，说远不远
她飘浮在这薄薄人间
种苦丁茶的人走了
苦丁茶很忧伤

2017 年 9 月

表达的方式

书文

为什么一定要有个我
是语言的缺陷吗，不是
黄鹂飞过，势必要唱首美丽的歌

那些准是徒劳
在无畏的曲调里，才会把无我融进去
有人误解了仓央嘉措情歌

谁能说清
从刀刃上失踪了多少情人

雪地上闪耀着几颗
前世的樱桃

刀锋上的情欲，被血滴摄走，那该是
多痛快的事情

雪！将染垢洗尽，阳光纯净
天地，被您融化得如此美好

仓央嘉措啊，您把多少凡心误导
黄鹂也飞不过您的情怀

2018 年 7 月 15 日

刮痧

胡权权

小时候，祖母给我刮痧
我就哇哇地哭喊
疼痛从表皮一寸一寸深入肉里
骨头发麻发辣
一觉醒来，高烧、头痛烟消云散

现在，我有时给自己刮痧
和小时候不一样的，就是我不会哇哇哭了
疼痛还在一步步深入
再也不会安静地入睡，再也不会有
我想要的那种轻松、舒坦

2018 年 4 月 27 日

都市农民

何玉忠

每天早晨五点十分，我都会被吵醒
一个六十多岁的老妪，执一竹竿
很认真地驱赶三只来自乡下的鸡
一只是白色的伊莎贝尔，一只三皇乐
还有一只我不知道名字，它很胖
长长的尾巴像两根旗杆，迎风摇曳
走路一歪一斜，喝醉酒一样
还总是好奇地东张西望
老妪小脚，学着鸡的模样，很有趣
一边说着谁也听不懂的方言
一边熟练地驱赶着鸡群
绕过花坛、水渠、沟壑
阳光很温暖，挂在老妪的脸上
像镀了一层诱人的金黄

2019 年 1 月

清明志

易水寒

父亲，那首古诗牵出的悲怆
刺痛我心
卧床不起的您念叨着高翥的《清明》
“人生有酒须当醉，
一滴何曾到九泉？”
您眼神里的无助，
令我的心颤抖
或许，酒能减轻您的病痛
可一场大病让您忘了酒的味道
不曾再饮过一口

病痛让您远离悬壶济世的椅子
和练习书法的方桌
幼年丧父，少年无家
青年漂泊，老年多疾
这一切，鱼贯而入
让您常常在梦魇里惊醒

眼含热泪

这个节日催生苦楚
比刀子更锋利
站在阳光下
俯身为您种一棵树
洒下我的泪，洒上您的酒
让它们流到九泉
为您驱寒，为我救赎
若您有知，当与我梦中相见
抱头痛哭

2017 年 4 月 5 日

短暂

许正伟

我们很快就再见了

这样的倒叙，让
当时的度日如年
变成了瞬间

同样的道理，很多的
短暂，曾被我们读成了
长久，甚至是永恒

阳光的暖
月光的凉
我们站在高山之巅
突然听到了深处的涛声

我们呼应的
不是前世的脉搏

也不是

未来的心跳

2019 年 8 月

颈椎病

夏杰

我在甩来甩去，像疯狂写着
一张借条

我从了一个道理，无须尖刀逼迫
因为，我一直在指鹿为马

一直在低头，却不是认错
而血液验不出孩子好坏

我从了地心引力，可仍旧在抬起
某些东西，忘了牙齿也是肉身

天空与我，谁甩谁？
旁观者在此刻，也失去功效

“人世颠倒可麻木、头晕恶心
可，空白如失忆、失真”

而我，在正视一群药片
它们比人间，更容易消融

2018 年 7 月 9 日

错位

江浩

我是一只刺猬
打滚在，鹅卵石铺砌的街道
人们对我敬而远之
我也刺不到红薯、冬瓜
哪怕是一截汁液饱满的藤蔓
冬天来了
一片黄叶落在我的背上
我左右摇晃
发现它，有比我更大的悲伤

2019 年 7 月 5 日

罪过

夏杰

罪过了，就好
破旧的道服无须为叫喊而
再次破旧。
你不要流泪了，让石窟再荒凉一些也好
远走的经卷不见佛光，她的孤独
比你深邃——

罪，过了就好
你的脊骨枯萎，身形模糊
在更加模糊的朝代里愈加微小
但你还是来了，佝偻着身子祈求
“放过我吧，你们放过我吧……”

哎，与你化缘后虔诚的腰身，何其相似
“你过来，让我摸摸你的头。还有你们……”
菩萨打开了草长莺飞
她的手指轻轻地把沙粒捏成

一滴珍贵的泪水，流过我们的眼睛
洗净王道士留于今世的哀鸣

2018 年 10 月 15 日

第二辑

苍穹之下

苍穹之下，你最具体

具体到表情蜕变成虹彩

时间拉成弧形，尖叫声划出闪电

一块废铁的春天

树枝

鸟鸣清脆、彻骨
断断续续的犬吠让你警醒
不能再沉睡了
你拥有未磨完的石头
还在青春期的少年
厌恶自己喉咙发出的声音
他朝你尖叫
生活的每一次叛逆
并非偶然
他和你一样锈迹斑斑
失去熔点

2018 年 7 月 21 日

小小的生灵

冷眉语

一群鸟儿抖动双翅
飞至我头顶时
我没有动，只仰起头
将目光安放在
被它们带动的风里
小小的身体，小小的翅膀
甚至听得见它们
小小的呢喃
小小的神谕

2018 年 10 月

山寺的一场雨

刘亚武

从未见过一场雨如此盛怒
整座山体在颤抖
山寺客堂如同要坠地的鸟巢，我和儿子
像两只惊惶的鸟蛋

我开始胡思乱想，疑心是上苍有意消解
这场祭拜：她难以宽宥我
此生的过错，又或者她更愿意满足母亲
那些简单的愿望

山石在雷声中欲裂，闪电鞭笞着山峦
——都在佐证我的猜测
只有满山谷翠绿的松枝，左右晃动
似在我们之间，做着调停

2017 年 8 月

大雪之日

易水寒

大雪覆盖四野
世界大同
英雄鸟不再发声
猛虎进入温柔乡
一些切肤之痛，暂时被遮掩
银色的梦蔓延开去
祈盼殷实、优雅的生活
大雪，飘在奔波路上
并不轻盈

家园遥远，立在雪里
平原的风异常凶猛
几个孩子的毡帽冒着热气
他们饱尝生活的艰辛
苍穹之下，有鹰在盘旋
一只狡兔，在雪色掩护下蹿入洞中
躲避了一场劫杀

老鹰仍在天空盘旋
羊群仍在四下游走

大雪苍茫
正午的阳光里嚼一口干粮
凉凉的水，异常解渴
那缕热热的尿气升腾起来：
让我的梦打了个冷战

2017 年 12 月 7 日

无边的荒野

孙子兵

昨夜，在梦中
我一抬脚，就跨上了家中的瓦房
一跨步，就从房顶上
走进了无边的荒野

树木，花草，庄稼，果园……
沙漠，平原，高山，沼泽……
在我身边不断涌现
让我头昏目眩，心惊胆战

这样的经历
相信每一个人都和我一样
曾经在深夜的梦中
一遍又一遍反复体验

2017 年 11 月 4 日

不要拔除那棵蒲公英

冷眉语

它杵在那片草坪中间
显得不够协调
它开花抑或飞舞
都那么美好
这个季节，总该给它一个降落

秋风扫过的大地，没有什么
被免于恐惧
水面上
它飘飞的样子——

不同的世界
只有简单的生命
互相致以简单的注目

2019 年 8 月

风洞

刘亚武

可以将汽车当飞机开
真正的土飞机
它们都不缺乏，空气动力学的曲线
每次开着它经过马路中央
有空隙的隔离带，就会听到大风
刮过透明的洞窟
激越悠扬，仿佛源自深山
多年前父亲和我，还在拉着同一把锯子
有时出现瞬间停顿，像在思考
或扔去，他即将燃尽的烟蒂
然后那断裂的声音还会接上，更加浩荡
一个勤劳的人
地上木头依然堆得很高
我不知道下一次停顿，我的父亲
会不会出现

或者他从未离开过。我只是偶然发现
他自由进出的风洞

2017 年 2 月

只有那种蓝在湖上慢慢地道晚安

龚纯

一整天，都是那种蓝。那种月氏、匈奴、乌孙、柔然
出现过的蓝。蓝得惊心动魄，又澄澈安宁。

其中天空里的蓝，养在水里的时间，极其漫长
也极为短暂，很快蓝到黄昏，蓝到夜晚。
蓝得在若干年之后，你还记得

你舍不得离开，仿佛湖泊重新给予了一种生活：
激浪拥堤，七彩净海，羊在羊圈，星星
在马厩，阿尔古丽在毡房中

天空有种无声的深邃的蓝，静静地向你道晚安。

2017 年 8 月 26 日

冬日即景

——给雾霾下的苍茫人群

曹九歌

日历换新，萧瑟之风未起
气温还停留在稳妥的指数上
单线条的素描笔和硬面抄
足以描摹我们的每一个白天
而夜晚，在镜头里闪现着荣耀
“儿童相见不相识”
我们的遭遇也如此类似
在玻璃或纤维的层层包裹下
脸孔被光学仪器重新定义
你看不到雪花、黄叶和曾经
只找到数字存储着的自己
在努力度过没有暖气的冬天
一个人从乡下来，思念着电源
赞美即插即用的枯萎枝条

赞美这些室内的宠溺

这些即将逝去的，冬日即景

2017 年 1 月 12 日

边界

冷眉语

喜欢一个人沿着
河边的小路。寂静中
夹竹桃树疯长，压弯的枝条
越过栏杆触到了水面
光影流动的叶子上
仍是叶子，上面的上面
是白云，是太阳
白云遮住阳光时
我站在了世界的反面
夹在枝叶与光之间
更能看清自己。谁能越过影子
它使血肉与思想模糊一团
在时间布上
从容剪下属于自己的分秒
自我迎合的同时

顺手擦掉

我与我之间的边界线

2017 年 6 月 23 日

白鹭过处

曹九歌

白鹭，在湖面掠过
倒影像一条缩小的船
日光消失了形状
白色之下，白鹭过处
飞越水波、漩涡和纹路
点出浪花，和一圈金黄的光晕
像极了爱情的韵脚在天际
移动，带着水花，会飞的贺词
人们如同白鹭翅尖的水滴
在风中落地，成为移动的参照
时而，微风吹拂白鹭的头颈
成为逆行的子弹，朝向蔚蓝的靶子
石榴甜味的弥漫，在这湖的稻田
人们面对白鹭，它仿佛静止
而你我映照的微笑，却在错觉中远行

2019 年 4 月 30 日

鸟窝

进进

老屋院落的泡桐树已经很粗
母亲却一直不肯让人砍掉
树上那只鸟窝，像搭建在她心里的
温暖，不能被撼动

在鸟窝堆砌的光阴里
声声幼鸟的鸣叫
让她紧张，彷徨
额上皱纹恨不得爬上去
紧紧围绕

看着鸟儿飞进飞出
母亲的心情忽高忽低
离了窝的小鸟，能否再回来

2017 年 3 月 25 日

当天空爱上大地

何玉忠

当天空爱上大地
我们就是真正的受害者
首先，要修改字典
把飞翔、遥远、高度等相关的词汇
统统删掉
再炸毁灯塔、航标、高层建筑
再后来
我们也不能直立行走了
像最初的人类一样用四肢奔跑

当天空爱上大地爱得炙热
当大地的爱海洋一样辽阔
我们就得领略激情过后的风霜雨雪
度日如年

2017 年 11 月

合欢花的头又昂起来了

书文

昨天，是朝下的
俯看由上冲下来的尘埃，形成
遍地的泥坑
偶尔有自己混乱的倒影

今日，秋雨倏然歇了
暖阳也并未把满树的垢染，重新复活
一个在凉台上与深秋对望的人
又一次昂起头，似合欢花一样
朝着云空傻笑

2017 年 9 月 26 日

米滕瓦尔德

树枝

米滕瓦尔德琴声悠扬，哥哥
你和马修亚斯一样勤劳又善良
捧着故乡的云驻扎保罗教堂

在巴伐利亚
我没有长出新翅膀
劳作的妇女啊，从不缺乏惊喜
大米和小麦交换信息

哥哥，你琴声忧伤
我们的马儿
已奔向阿尔卑斯山南方

荷尔德林，正走回
自己的家乡

2017 年 3 月 9 日

我以为你真的在飞翔

老铁

天贼蓝，云雪白
大海闭上了眼睛，睫毛壮美
海天之间，你拽着冲浪风筝
拉动整个天空
与云漫步，与风调侃，与空气对话
运筹天上人间

苍穹之下，你最具体
具体到表情蜕变成虹彩
时间拉成弧形，尖叫声划出闪电
杜撰另一种光芒
众多虚拟身影
在无数光圈中翻云覆雨

我以为你真的在飞翔，一根线牵着你
从具象睫毛至抽象空间
抠尽了所有背景

昂首远视间，我下意识
推了一下沙滩椅，海水就漫了过来
有如推动了整个大海

2017 年 11 月 29 日

辛夷坞的蓝和尾声

韩墨

烟熏火燎的日子
心生怅惘，旋即悲伤
天色湖光，即为蓝，亦为青
只剩下悲伤大于快乐的钟声

芦苇和雁群弯出秋天的弧度
心中有湖，眼里就有秋水
起初，我以为是溪水和乡愁
后来呀，雨水把心事翻译成青绿

不掩秋意和气度，有一刹那无烟火
有人在天空剪出飞翔的姿势
心生悔意有距离，见不着光
深山徒步，一双浅蓝色的布鞋

2018 年 1 月 9 日

苍老

老铁

屋顶上，穗状茅草覆盖着瓦片
把肆意摇曳当作一种
无节制娱乐。青灰色记忆
以大面积匍匐状，伪装成集体主义
缄默不语

如果记忆再尖锐一些，就能刺进历史
顺势栽种进去一个合适成语
发芽，生根，萌枝
在深处留置一些痕迹

此刻，一只小鸟正在屋脊辛勤劳作
忙于募捐空气和阳光
它把鸣叫声分成三个时间段
最后一段融入屋顶
与之浑然一体

2017 年 11 月 22 日

麦芒

进进

尖锐的事物
我能想到鱼刺、松叶、绣花针
而麦芒，是变形之物
麦苗历经霜雪、雨露及阳光
沉积淀粉
就像一趟旅程
当波澜一退再退
麦芒，终将消逝
犹如内心

2019 年 5 月 24 日

启明星

龚纯

小时候，我就见过那颗星星
在东方黎明的夜空中。

其他小星无一不远去，只有它自己
留在自己的位置，独守寂静。

淡泊与灿烂交相辉映的时刻
远未到来。天空与大地会为伟大事件做准备。

四十年一晃而过，再见那颗大星浮现天边
我在我的生活里一事无成，已然老去。

希望和指引，乃至想象却仍旧悲伤地
存在于老朽之躯。

光明与热情，将永远献给
这个不停涌来泪光与潮汐的世界。

——我惟一所爱，将永远是
我惟一所爱。在黯淡世界不可垂直的表面。

2018 年 4 月 3 日

青核桃落了下来

韩墨

赖着不走的羊，看风滚草
许多青核桃，在黄昏后落了下来

像水里清洗过，有一分月色埋在土里
还有两分：白天吃草，晚上下雨

我只负责躲在山后，看鸟群入山林
卷叶吹笛，吹不动夕阳

抬头听青草垛下的牛蹄声
你咩咩喊我的时候，整个草原都安静下来

2018 年 2 月 16 日

星空

江浩

许多年没有见过星空了
也找不到，北斗星的位置
这些年，一直低头赶路
忙于生计，也曾留恋于酒绿灯红

星空，是遥远的事
那时荒草地还在
蛙鸣和萤火虫还在，蟋蟀的歌声
口中的那根狗尾巴草，还在

最近一次见到星空
是在澳门的威尼斯人酒店
逼真、恍惚。没有星星对我眨眼
仿佛，它们也都迷了路

2019 年 8 月 21 日

相望

书文

不是每一次相遇，都能停留
很多次握手，就那次最紧

河流中滚动的眼珠子
锃亮。让隐藏的那一粒沙晶
显出诱因

你说集市某一角
触手可及的语言却没有串成珠子
默默吸引着不屑

暗示我们两颗心——
像远方，那对
黑天鹅与白云携翅飞往雪峰

2019 年 9 月 2 日

茨菰

曹九歌

茨菰生长的时候小镇也在拔节
植物次第舒展
低眉顺眼
不怕苍凉地守着湖水
顽固的样子像一道闸门
没有冲破的迹象
我看见了它苦涩的根部但是没有说
还有衰老后的黄叶
即便无雨也将要烂掉
落下去之后就成为泥土
茨菰在碗里的时候我在桌旁
我遗忘了它的表皮
它也没了站立的往昔
旋转的玻璃台上
只有一些轮廓，还那么美
这是它没有带走的味道
其实茨菰在哪里都带着它的气息

它的内心长出了芽
但感到庆幸的是，茨菰长在小镇旁

2017 年 2 月 22 日

夏天

孙子兵

一场暴雨从电视中
倾落，在十平方米的寝室中
泛滥成灾。昨天父亲来信
说：“家乡干旱
许多水田已经改种了玉米……”

细菌在水沟里繁衍
毛毛虫变成了美丽的蝴蝶
精明的老鼠在闹市中轻轻舞蹈
那只被讥笑了一辈子的
青蛙，还在深井中苦苦抒情

夏天不是恋爱的季节
大街上的广告比鲜花还多
把生命托付给阳光
是鱼类在夏天最大的奢望

2018 年 7 月 2 日

隐匿在白云深处的车站

何玉忠

青山如黛，钢轨如眉
小站，恰是痣一点
隐匿在白云深处

倒影的信号灯
一会儿红，一会儿黄，一会儿绿
让我左手斜阳、右手弯月
像走在人生的岔路口
无所适从

后来，我成了小站一员
每日默读汽笛、风荷、温暖和惆怅
再后来，小站废弃。人员遣散
只剩下几根钢轨
孤零零地承载现在和将来

让列车怒吼着
风驰电掣般掠过

2017 年 6 月

第三辑

词语音韵

从此地到别处，我们记录沿途的人和事

也记录下，耳边的每一个句子，沉睡中的诗

并对自己说，这是有来由的，内心疆域里的低飞

小镇：信仰

夏杰

一条斑马线不懂得音乐与舞蹈
它们是粉墙上，被摘录的
优美片段。
我诧异于会想起多年前的
一只音乐盒，发条里的青春
用芭蕾说了出来

霞光有一张孤傲的面孔
但不要说话，让内心的温度存留于
电饭煲。
是的，饥饿是一座牢狱的钥匙
每一次顺畅的呼吸
皆来源于一部老式默片

2017 年 10 月 26 日

习惯

许正伟

泪水习惯于从眼眶中涌出
像是雨丝习惯于从天上下来

她的忧伤还要被风推搡
爬满脸颊的忧伤比皱纹还要杂乱

秋天到了，果实开始离开枝头
有的青果，也在无奈坠落

屈从于外来的力量，这世间的习惯
和法则。后来，她的离去也是注定的

习惯就好了。人群的四周，树木在习惯
折断枝干，然后从伤口处长出新的枝叶

层层叠叠的叶片仿佛日子覆盖着

我们习惯于这样的遮天蔽日

2019 年 5 月

午夜河埠头

曹九歌

午夜，此时连接有力的跳板
石子路面被踩响的河埠头
带着一群我们，从微小次第变大
水面在暗中不动声色，撑起篙
把你带入水波的一端
虫鸣，叶脉舒展，湖还在另一端
小区域的雾气，包裹你我
有灰喜鹊张开翅膀，扇走湿润
它们遁入湖边，带来微甜的局部
远处亮着街灯，仿佛窥探
星空缄默，阳澄湖轮廓模糊
跨越一个拐弯的时候
船只的涌动，河埠头晃了晃
平静的湖，这座城市剔透的眼睛
也因此，轻轻地，眨了一下

2019 年 4 月 30 日

瓦解

老铁

这幢建筑，年富力强跨过了一个世纪
却没能逃脱一个年份的杀戮

轰鸣声，以跨年节奏
摧毁抒情和浪漫，撞击声辞旧迎新
音乐、香味和残梦搭载尘埃
从舞池、餐桌和温床间
仓皇出逃，漫天飞扬

昔日的金碧辉煌和花天酒地
被挖掘机漫不经心地瓦解
一些旧时光，于无数瓦砾中倾泻
狼狈爬出，无家可归，面孔尴尬扭曲

建筑的前后左右，分别是
学校、园林、寺庙和我的家

2017年2月12日

白

许正伟

不要怀疑一个冷若冰霜的人
他内心里的爱。他的表情犹如冬天
覆盖了皑皑白雪

他在准备，等待时机
等待着春暖花开，气象万千
如果这时细细观察，你会发现他的眼眸
有一条春蚕带着全身的白，靠近一堆绿色的葱茏

这个世界有多种多样的颜色或者颜色转换
唯有白是不可或缺的中点或者终点
白的雪，白的蚕，白的丝，白的太阳……
它们的底下都包裹了什么

比如眼前的这张纸，一个个方块字排列着

你搬开它们，或者不搬开它们
一股股热气从字里行间冒出来，萦绕在身边

2019 年 3 月

打开

胡权权

打开鸥鸟的翅膀
蓝蓝的飞翔，从远处一页一页翻过来
多么轻盈，多么宽阔

翻动一页不需要多大的力量，我听见
雷鸣一样的喘息，从云朵的后面
缓慢地传过来

无边的海平面，是鸥鸟们行走的江湖
潮起潮落，它们坚持着向着孤独
寻找自己的快乐

2018 年 9 月 18 日

叶落

进进

镜头拉近
拾柴母女的身影清晰可见
山风吹动松林
涛声呼啸，松叶掷地有声
新的覆盖旧的

竹耙收集冬天的柴火
树林一天比一天空
小女儿一天比一天忧伤
母亲说，会有更多的叶子落下来

是的，叶子一直在落
抚平沟沟坎坎

2019 年 11 月 30 日

对着大海叙述

书文

在舟山傍晚，对着大海静静地
吹了一首《良宵引》
大海是那么磅礴汹涌，《良宵引》细细入韵
反差中寻找什么？
只知道凝神。是凝神看那个
黑白交错的世界，还是专注探听轰鸣纤柔
强弱不均的混沌和声
足足吹赏到，风歇人隐——
故未邀约任何伴友，分享过那刻喧哗里的微妙和本真
遥远的心底，却暗暗期待，楼层下
有群过客，会分辨出其中
掩盖的清音

2017 年 9 月 26 日

阳光干草

刘亚武

这光线，历经春秋删减
稀薄而沉默，将一张泛黄的面膜
黏附在万物的脸上

我们靠在北风的背面
只需要一小片，阳光干草
就够了

整个下午
在一处岑寂的小树林里
我曾恍惚过两次

每一次都只有短短几秒
有时如初生婴儿
有时似白发老者

2017 年 6 月

低飞

曹九歌

真的，低飞的鸟雀在树梢上停顿
仿佛搁浅的船，我看不见它们的翅膀
我真的不甚明了，一束突然的光为何亮起
不能够明了那些不确定，布散人间的怕
毫无缘由的忧虑，从白天到黑夜

一扇门被打开，必有钥匙，不快也不慢
昆山郊外的湖荡，此刻在风中起浪
倾向于蓝，那是你内心的颜色
但你不再飞翔，只是哼起半熟的歌谣
和唱片里的纹理十分相似

不再飞翔的还有昔日的小镇青年
这个露出胡茬和额头，为自己掌厨的人
不再愤怒，不再贪婪，只需几个瞬间
就会成为不够哀愁和远离颓唐的人
他在巨大的落地窗前重新拥有了梦想

醒来的人，把有限的山水，归结于无
还记得浑圆、细腻，这高脚杯透亮的弧度
从此地到别处，我们记录沿途的人和事
也记录下，耳边的每一个句子，沉睡中的诗
并对自己说，这是有来由的，内心疆域里的低飞

2017 年 4 月 12 日

词语

老铁

花谢了，景不枯
满地落英，承载曾经的鲜活
树枝弯腰，不是苍老和疲惫
弧形的个性是一种标识
弹拨着二十四景的片言只语

玉山草堂是一首诗
句型长短不一，二十四种词语互不雷同
字里行间水潺潺，音韵大美
流泻出莺燕双飞之美
并蒂花开之美和埙篪叠奏之美

东阳澄湖执着向前
被一群鸭子牵了进来，纯属意外
鸭子的默契，一不小心划破云
使柔软变得尖锐

2017 年 1 月 23 日

炉火

江浩

你有没有利用
危险事物的秘密
比如将柴油桶横向
锯开，在桶里砌
一个炉膛
这外圆内方的家什，它的前身是
为了隔离火，现在也是

我常在炉口烤火。把双手
短暂地，贴在炉壁上
看火苗托紧壶底，催生水汽
有时，我凑近炉口拨旺火焰
帮没有熟透的红薯翻身
俯下身子的那一刻，火光
把影子，重重地推倒在
身后潮湿的泥地上

有时，我挑一根树枝
把火，从炉膛里请出来，点烟
有时，会有火星掉下来
烫痛我

2018 年 2 月 27 日

松动

夏杰

想吃就吃，是一个松动的神话寓言
每一句台词都用来形容心碎，是的神话
也可以叛变，像脂肪也有未来

想起儿时走在泥泞的田野，寻找野荸荠
它窝在污泥里，如同我的情绪结石
如同饭后我与沙发的春风十里
但遥远的旧时光还能有返回的决心

哎，在黑夜里奔跑
是为了让身体里的黑物以类聚
某些不可言说的忠告，从脚步声中
受到了礼遇，仿佛真的神
在跟我说话

2017 年 12 月 3 日

刺青

江浩

上完油
紧了紧绑带
你用铁片拨旺火焰
马车缓缓向前
时刻要在背上刻满鞭痕
喊出这话时
天色泛青
夜空中的蓝
正被剥离

2019 年 3 月 2 日

钩

江浩

一小块，伪装的铁
到了水里，水，便有了杀气
这杀气，来自浮漂的加持
锚的加持来自锁链
抵达了，自己应有的位置
它是悬空的反对者
稳重的操持者
虽然，锚，看起来更像一只钩子
虽然，它们来自同一块石头
同一炉铁水。生熟之分
让它们，躺在不同的砧板
倒刺是一条蚯蚓的砧板
它蠕动水中，打着问号
锚，静卧泥里
水草的摇曳让它笃信
迟早有人救它，出水面
拽出水面的，还有那只鱼钩

它不是被裹上新衣，就是正制造命案

2018 年 3 月 24 日

残荷

罗书銾

光，在十万残荷间游移
光束里，布满星辰
风暴袭来
许多命旋转，旋转
人间变得潦草

荷，被风掳获，没有秩序
所谓燃烧，和火焰
慢慢开始安静

一轮明月正好
裹于残荷玉露
漆黑在败叶上飞舞，似风筝
夜落下，站成了故人

梦中有荷，相伴，穿过落日

2019 年 9 月 25 日

追逐

胡权权

铁环在大街上跑
铁的声音在弄堂里跌来撞去
孩子们追赶的脚步
高低不平

村里的土路弯弯曲曲
铁环跑得歪歪扭扭
像喝醉了酒，倒下了，快倒下了
但就是没有倒下来

气喘吁吁的汗水，顺着额头
往下淌，小明家的狗也跟着跑来
鸡和鸭边叫边拍打着翅膀飞奔
它们也卷入一场漫无目的的追逐

2017 年 6 月 25 日

黑瓦

夏杰

一想到黑，夜晚就扑了过来
几盏薄灯有了影子
一想到倾斜，他弯腰咳嗽的响声
劈开了一只大西瓜，我的香甜
在黑籽里发芽

黑，把我的人间描摹了下来
而泥做的瓦，容易碎
但屋脊不容易发出响亮的叫喊
它就这样黑下去
让低矮、破旧黑出自己的破壳之声
他才痛快地咳，一声、一声地
看我把黑黑的瓜子，吐得满地都是

2018 年 7 月 4 日

博尔赫斯的镜子和迷宫

韩墨

山高水长，读无用书，谈草木一生
雪中饮酒，待月西厢，秋声不可闻
问道青云，暮城初秋

谁固执在山涧里找丢失的脚印
白马驮沙，我有泉水的忏悔
寄命于孤山，不求未来，不问过往
秋天被蝈蝈一声声叫凉了

2018 年 2 月 19 日

等到布谷鸟在树上唱起歌

冷眉语

等到布谷鸟在树上唱起歌
就能闻到青麦的香气
光阴像散落地上的词语
而麦田为后工业的高楼
腾空了自己。雾霾是
一只鸟灰蒙蒙的翅膀
我的童年是雪地上
白色的羽毛
我还是相信，白色过后是青色
为此我去了青藏高原
其实，我只想把自己
彻彻底底青一次

2019 年 7 月

晚晴

龚纯

梦到水是蓝的。梦到一个句子：
五十个人和燕子。
梦到艰辛地沿着河道返回家乡，经过漫长的跋涉河
　道变成
蓝幽幽的铁轨。
五十二岁了，满头雪白。站在树林前对自己表白：
我孤独的旧爱，我已从遥远的地方回来。

2017 年 8 月 22 日

第四辑

古典皱纹

行色匆匆的人们一次次地裹挟着风

发出季节接替的动静。那些吹拉弹唱者

总是恰到好处地演绎，场景的熟悉

心如止器

韩墨

一

从《诗经》植物里挑选出大红酸枝
此木尚品，可经风清月明，人世烟云

阳光的刀刃，雕出姚黄魏紫的香和轻
埋在雪后梅花落满南山的烟云涧

二

等待雨水把漆器中的青丝翻译成春
抛光的脚步，在河畔踏起歌声

古典的木纹，被鸟声和雨露滴成
生命的隐喻和造型，秋天落叶迟迟不至

三

草本植物的光泽里，有古诗的衍生
檀木、花梨木、酸枝木、鸡翅木句句可如诗

成型的罗汉床榻、橱柜和窗格
与夹在线装书中的相思相映成趣

四
打磨棱角的禅意，能入木的年轮
远山近水在木纹里汹涌成河

黄花梨木圈椅背曲成围城
可白驹过隙，可沧海桑田

五
几案的山水，小叶紫檀的光和色
坐而论道，可形而下者为止器

形而上者谓之道，可坐酸枝，睡紫檀
蟹爪纹能行意相连，信雅达，能通天意

2017 年 11 月 30 日

水袖袅娜如清梦

蓝鸿

老街的风景，亦如舞台梦幻
看娉婷身影在《游园惊梦》中
咿咿呀呀打通了古今的血脉

乡野小调踩着四季旋律
悠然行走江南之上
生旦净末丑，嬉笑怒骂间
演绎了多少人间悲欢

人生如戏，江南戏曲
尽在一腔昆曲，几经盛衰磨难
哪一曲能道尽个中滋味

写不尽红尘俗事，诉不尽人生悲欢
在巴城老街，水袖袅娜如清梦
有一种梦，可以一直不醒

2017 年 11 月 30 日

从普拉内格到玉山草堂

树枝

普拉内格没有水榭
没有吴侬软语萦绕廊桥亭阁
一样的田野和树木
别样的教堂钟声
像昆曲，像舞动的水袖
双手合十的女子眉眼间都是上帝

主啊，我不需要忏悔
从普拉内格到玉山草堂
不止于一万公里
不止于碧草连天
整整一个春天
我都在怀念
玉山草堂的一株白海棠

2017 年 3 月 20 日

汉浦村

钱十一

如此就散了吧，我的故友
今朝车水马龙，模样不复旧时
汉浦村口
也仅似十年前的金陵

不如荡舟，山晚望一望晴空
江流如昨呢
客从何处来
今晚若孤身一个，未焚香
也不曾煮酒

如此就散了吧，这人世
已足够锦绣
不待黄梅了，莫若沏茶去
我也只是路过，坐坐，避一避风

2017 年 4 月

白露记

易水寒

从一茎芦苇头顶滑落
被先民拾得
入《诗经》
时序八月，露凝为霜
在水一方
看鸿大雁小，自北而来

北纬 43 度以北
寒凉顿生，又兼半夜大雨
夜行人打着哆嗦
羸瘦的母亲起来查看窗子
给卧床不起的父亲盖严被子
疲惫的目光
从那滴白露折射出来
刺得我双眼泪盈

白露为霜，玄鸟归

我如玄鸟穿梭南北间
“一场秋雨一场凉，风吹梧桐叶断肠”
人别、鸟归、叶落
最知分离苦

2017 年 9 月 7 日

在庭院：写给父亲未曾到过的周庄

龚纯

我的父亲没站在富安桥上
也没有站在富翁沈万三家门前。

我的父亲，没有看过这样流水
没有住过带走马墙或阁楼的家居。

我的父亲看的都是不要钱的风景
我的父亲坐的船，没有船娘和江南小曲。

我父亲的夜晚也有这样的静谧
我父亲的白昼，但无这样热闹的市井。

他知道儿子曾为这样的美景写作诗句
他知道儿子，在此谋取生计。

他知道，他不久于人世
他知道，我会说，“父亲，著名的风景里没有你”。

他思虑，以为过多地站在双桥上
欢乐之后，忧愁就要来临。

他走后，美丽的小镇仍然充满烟火和人群
他们走后，街衢仍将铺满月光这古老的花粉。

父亲，曾站立的旷野，和未曾抵达的古镇
及其春天，在此已构成我深深的庭院。

2017 年 3 月 13 日

在澜漕诗意地生活

蓝鸿

信步在午后的澜漕村
小母鸡在农家门口对我行注目礼
院场内，阳光在芝麻秆上跳舞
老婆婆一颗一颗剥着毛豆

河面上，睡莲伸了伸懒腰
纯白，淡粉，露出一张张羞怯的笑脸
河岸的斜坡上，绿草茵茵
美人蕉一身金黄，热情地打着招呼

休闲广场，一条紫藤长廊
正在独自回味昨夜的一段欢笑
蜻蜓倒立在篮球架上，两只蝴蝶
在健身器材间上下翻飞
阳光暖暖的，落了一地金辉

在河边的茅草亭，读书，品茗，静思

微风拂面，水声潺潺
一部《浣纱记》经典传唱
雅词美曲浸润了澜漕的一草一木

梁辰鱼啊，你真是令人羡慕
江南小乡村孕育了你一世的才情
而我，可以留下来吗
在今天的澜漕诗意地生活

2017 年 1 月

杜甫问天

韩墨

屈膝问天，等待雨水把草木翻译成绿色
你安静啃草的样子，多么迷人

扯得流水都红了，半江瑟瑟半江红的红
谁在山后，咩咩咩地喊我乳名

我以为是爱情，一回头
你脚踩夕阳，狂草泼墨成夜的爱和痛

2018 年 1 月 6 日

余音

西兰

半堵墙，一曲《云水禅心》
几棵长高了的树
经常遇到的天空蓝

树上
年年结柚子
我有时会在树下发呆，数数
今年数到 20 多个

生活的余音
继续在回家的路上

2019 年 6 月 24 日

昆曲学社对岸的两只鸟

老铁

阳澄湖畔，昆曲学社
油纸伞与红灯笼，包装了昼与夜
落日余晖间，对岸两只鸟
衔着一枝昆曲词牌飞了起来
携翅掠过游园惊梦中的烟波画船

这是一对在天上恋爱的鸟儿
一个是张生，另一个是崔莺莺
它们模仿《西厢记》中的爱情
在空旷与茂密中
营造“东风摇曳垂杨线”的场景

保持相等距离和相似姿势
在空中飞翔，有如昆曲的歌唱
与舞蹈身段合二为一
这件事很美又很难，但在它们的
相逐而飞中却轻而易举

它们来自对岸的树林
任何一个树杈都是它们的家
也许，它们刚从越剧的树杈飞过来
栖息在这棵昆曲的大树上
用沪剧和苏剧的鸟语说情话

2019 年 9 月 10 日

雨声如弦

书文

最大古琴莫过于雨
弹拨都是天意
一拨一揉，一滴一嗒，韵从苍穹出发

覆盖大地琴台，粒粒音符，渗入万物内心深处
尘埃静听，有股涤荡之力

障业沉入深潭，成为镜底
照彻！脱胎换骨，酣畅淋漓，乐极玄妙

般若无穷——
娓娓灵音，从何处来，到何处去？
抚琴者，乃天空也

2018 年 7 月 5 日

枇杷考

刘亚武

西院的枇杷熟了，但手头并无采摘的器具
只能看着满树金果发呆
仿佛腋下就会生出，赖以飞翔的鸟羽

仿佛一接触到那温香，和吹弹可破的肌肤
就可以画一道白渍，然后喊一声
“枇杷落尽茱萸秋”，夏天就变黄了

就可以不去管小学教材
如何从字面诠释，水果枇杷与乐器琵琶
是不相干的两样东西

甚至忽略汉赋里的枇杷，同名却不同命
一个埋首人间
一个易木封王

总之，我最想看到的一幕或许就是

一只鸟愿意成为仙女的手
在披金的枇杷树上，奏出初夏的天籁

2018 年 5 月

拈草拜石

西兰

假设我遇见的每一块石头
都与寒翠石有关
而我又偏喜带草字的植物
在四海八荒，拈草拜石
兰草，护生草，薰衣草，含羞草
记不起何时知晓荠菜的别名
春日过半，滋长起温暖和期盼
护生或放生皆是慈悲

“易之以粟”和金粟道人的雅号
也都与这宝贝石头有关吧
乱世偏安玉石诗书之中的草堂主人
千年后，可许我入园捉迷藏

2017 年 1 月 8 日

美人甲

夏杰

你继续美了千年，我带着你的笑容
回到可以发芽的阳光下
我没有遗憾，像石壁凿空
像，碎石做不回自己

你还可以美，不必惊慌于一块颜色叛逃
如何处理自己的寂寞
它们已是烟尘，已经倒伏在你的脚下
再虔诚如你，也换不回牛马之劳

你始终是美的，时光撤去边界也无
任何马蹄带着嘶鸣与寒光
索要一滴驼铃，你满身的丝绸把风带在身边
就是为了给你禀告：
“如来如果来了，请你再来人间
美一次……”

2018 年 10 月 12 日

春草池

许正伟

这一片池塘，仿佛主人的一方砚台
它退隐，带走元末的风，雨，日月星辰
它跟随着主人的步子

我们在书籍中看到主人挖掘的手
力量和技巧也娴熟地用于
把方言的吟唱编织起来，编织成一种大雅的音律

如今，还有一棵银杏树站在那里
登高望远，就像是路边的守望者
好几次，界溪的水流声令人喜出望外

行色匆匆的人们一次次地裹挟着风
发出季节接替的动静。那些吹拉弹唱者
总是恰到好处地演绎，场景的熟悉

其实，六百多年算什么？地球打个盹罢了

一些人云集而来，又四散而去，就像退到后台
乘隙换装，再重新登场

因而，我相信，精彩将会延续
而春草池也将重新出现，它的光从背景中反照过来
那指向的意义，对记忆很有好处

2018 年 5 月

南星渎，从历史流向未来

蓝鸿

一颗千年陨星，旋化为石
沿着河流方向，千年风景依稀
桥与水，树与庙，炊烟与民谣
记忆的片断在水中缓缓漂浮

雌雄成对的古银杏早已消失
古石桥边，想象一座庙在南星渎的风云故事

走在千年的小集街道，深一脚是古街遗韵
浅一脚，是现代气息
昔日繁华，今日喧闹，在豆腐坊、茶馆
发廊和中药铺子之间承载联接

一条小木船停泊在街角河边
静默如历史的顿号，流水无声
幸福的光阴在水波里闪耀

南星渎，一条从历史流向未来的河流
沧海桑田，始终沿着幸福的方向
静静流淌

2017 年 7 月

致和塘沿岸的水墨小品

老铁

时光，慢条斯理不拐弯
牵着致和塘，由东向西
在一座古桥与另一座古桥之间
把霞光运送成夕晖

沿岸民居，一道白墙十分淡定
洞开之窗大口吮吸黑与白
吞吐净与浊，用锋利余光
悄悄截留二三朵春色、四五缕暖风

河水缓缓流动，送走了
躁动、凝望、呆滞，或者漠视
一抹水墨长满青苔，自驳岸攀爬而出
悄无声息，在那道白墙上吐出了
一条小河，一棵树，一只鸟
一座拱桥和一只小船
小船游过桥洞，突然定格

接着，一排民居落地生根
窗户打开，渐变晨光与黄昏
屋顶，黑与灰错落有致
墙角边，两块太湖石拥成反义词
无话可说

这些，都是虚拟景
唯有那扇窗真实，在民居那道
白墙上开合自如
夜深了，窗内灯光关闭
回到从前

2017 年 11 月 28 日

剪刀浜传奇

蓝鸿

水乡支流上的一朵奇葩，向西
河身是剪刀头，剪出两岸田园风光
南北流水，一把剪刀手柄
是谁想剪出江南的桃红柳绿

唐风宋雨，诗歌远离农事
布谷歌唱，夏蝉和鸣，春耕秋收
自有乡野节奏

大自然鬼斧神工
一把剪刀从远古剪到今天
有多少传奇还在路上
等待说古的祖辈，等待聆听的小儿

神婆和龙王在天地斗法
乡野农人在田间劳作
天上雨水落下，身上汗滴流下

剪刀浜水，半仙半凡
却调酿出了人间的美味

2018 年 4 月

停船暂问

韩墨

山水青绿可酿酒，可晒月光和《诗经》
可扫雪，可扫花，可扫月色和水声

可溯游上梅州，大雨将至
而你不至，月波酒池里月光如水
可弹指惊雷，可白露为霜

一瓮酒魂气魄在瓶中隐隐作响
对酒邀月，邀河畔踏歌声
饮山水和船只的孤独

随波逐流的季节和猿声，瓶中流
陶瓷的月光，可以入怀
古典的皱纹，被鸟声和雨露滴成秋天

2019 年 9 月 14 日

寒鸦点点

罗书銾

深冬，寒鸦草窝
架于高高白杨
在北风中摇晃
总让人担忧这草窝的结构
仰望去，是慌乱

那不是虚构的慌乱
如今，早已不信任虚构
所谓诗意栖居，更显得厌倦
点点墨色鸣叫
倒是像极一些甲骨文，或小篆
骨廋，却锋利

偶尔，会看见它将头颅埋在羽毛里
或者，从远方叼来几根枯枝
是御寒，和加固这草窝

为这不甚可靠的居所
勾勒出一点点理想

2017 年 1 月 3 日

端阳，细碎如花

罗书銾

楚国端阳，总是如此灿烂
不尽人意的故事传播一种悲情
大地上开满了花，零零碎碎
红，白，蓝，黄，紫
似乎纷纷在控诉那一场
冤屈和死亡

楚怀王已不再是王
不用在大敌当前卑躬和退让
击缶，本可以看作是万马齐喑的战鼓
如今只能在龙舟上修缮其隐喻

五月是细碎的
花草是细碎的
河流是细碎的
鼓声是细碎的
卦辞是细碎的

国家是细碎的
那亘古流传的端阳是细碎的

这是一种福气
抑或是一种警惕

2017 年 5 月 31 日

魅影的自白

——观《剧院魅影》有感

树枝

呵，我的天使
在这黑暗的地下游乐场
我曾一度仰望
那些如火的玫瑰

风吹枝叶
歌声穿透墓碑
我的炽热
足以燃烧整个森林

我试着躺下
以音乐的名义轻轻流淌
靠近你，抚摸你，亲吻你

我向你过世的父亲发誓
再不会有这样的夜晚

再不会有如此爱你的魅影

克莉丝汀，克莉丝汀
此刻，我是一座即将爆发的火山
快逃，快逃，快逃
我就要奔向你，奔向你

2019 年 7 月 29 日

第五辑

折叠时光

光线从它们身体中央穿过

原来，可以这样生活

也可以这般死亡

一滴又一滴水珠掉落在我的书上

孙子兵

一滴水珠掉落在我的书上
我把它擦掉。一滴水珠掉落在
我的书上，我把它擦掉……
一滴又一滴水珠，顺着刚洗过的
头发，掉落在我的书上
我把它们一滴一滴统统擦掉
但书上还是留下了一道又一道
微湿的水的印子。这说明
虽然我把一滴一滴的水珠擦掉
但一滴又一滴掉落下来的水珠还是
打湿了书本的纸张和文字
打湿了一行又一行散发着书香的诗
天气高温、炎热，我刚洗过澡
身上还是湿的，头发还在滴水
我坐在自家的阳台上，迫不及待
打开了一本白连春的诗集
一滴又一滴水珠，从头发上

悄悄掉落下来，“扑”的一声
掉在我手里的书上，摔得粉碎
砸得我的心死去活来。我这才知道
一滴又一滴水珠，在蒸发之前
干扰了我的生活。我立刻用手去擦
表面上擦掉了，其实却浸到了纸里
留下一道道小小的起皱的水痕印
哪怕真的干透了，原本平整的纸张
也已经起了皱纹，有了隐秘的内伤
不能恢复原样。在我拿起一支笔在本子上
迅速记下这首诗的时候，很多滴水珠
又悄悄掉落到我放在本子边的
诗集的封面上。等我抬头看到时
封面已经被打湿了一大片
我赶紧拿起书把有水的封面往短裤上擦
封面潮湿的边缘立刻被擦掉了
薄薄的一层，露出惨白的骨头
让我心疼不已……

2019 年 6 月 5 日

土酒

胡权权

苦楝树在江南很普通，五月开清香的
细小的紫色的花朵

七月，那些细小的花结出细小的果子
十月，果子由青转黄

天下大雪，残留在枝头的果子便是
白头翁救命的稻草

缺衣少粮的年代里
苦楝树的果子也被拿来发酵做酒

那水一样透明的白色液体
倒进碗里也会慢慢爬上碗口

苦涩、微辣，略带一丝清香。父辈们
用它消解困顿和迷茫

2019 年 7 月 16 日

中年看雨

罗书銶

在这场梅雨中步入中年
发现一切都不过如此
暴雨、汛期、闷热
似乎在江南门外蓄势而来

雨，从五月下到六月
又从六月下到七月
从清晨下到黄昏
又从子夜下到凌晨
堂而皇之，越下越厚
我只是多了一份日记
同样，这个城市的风景
也只不过是如期而来

“梅子真熟了么
在密密麻麻的雨线中
倘若成熟过一次

这成熟算是漫长，还是短暂”

在这样的雨中眺望远山
能看得到雨中有蓝伞，红伞
有时会看到一把花伞
从桥上走下来，纤纤手指
轻轻甩动小伞
雨粒便成了一圈美丽弧线

很早以前，我会觉得
雨很枯燥，伞很漂亮
打伞的人一定很美
可是今天
我只看到了雨，一场梅雨罢了

2017 年 7 月 3 日

日落时分

许正伟

我看见群山以仰卧的姿势躺下来
一边的暗把这种姿势描摹得轮廓分明
甚至，我还看见群山暗中伸出的手臂
一种充满爱意的动作悄悄迎向太阳
让太阳变得害羞了起来

太阳的脸庞被羞怯膨胀，越来越红越来越大
后来，太阳摇晃了一下，躺倒在群山的怀抱
与此同时，大地迅速拉上窗帘
并给群山和太阳，盖上了暧昧的夜色

2017 年 4 月

立冬的河面

江浩

机船“噗噗噗”推走波纹
刀形桨切开河面，瞬间
又被合拢
翻身船头的浪花
冲刷着污垢
抢回了内脏与鳞片
水能降服锐利的事物
几片落叶重返了枝头
而我的影子过于庞大，需要
更多平静，才能完整

2017 年 12 月 6 日

田园

刘亚武

在秋天，我们更能洞察
金黄的意义
这不同于春季，那只是轮回的起点
关于梦境，还有不尽的想象

此刻，我们的五官正在失去
菊影催人瘦，金桂让鼻子沦为香壶
而稻谷俯身的目的
仅仅在于喂养我们物质以外的饥饿

年轻的风吹过这些
这轮回的高潮，既是献礼，也是告别
风终将失去金黄的色泽
更年轻的风，继续吹

风继续吹，那些久远的事物
古道，江流或屋宇，也只是田园

细小的枝蔓

生长，流逝，归来，古老而新鲜

2017 年 5 月

失眠

许正伟

失眠的人开着一辆失眠的货车
车轮发出“沙沙”的声音，由近而远
把大地的睡眠碾压得粉碎

货车上装着一群山羊
白色的山羊，在夜色中
黑得一塌糊涂

一只，两只，三只……一只，
三只，七只……两只，五只，
四只……山羊在梦的边缘
被失眠的人拉扯着
数了一遍又一遍

现在，失眠的人累了。山羊
也都累了，它们躺倒在车厢里

对即将到达的屠宰场

失去了应有的警惕

2017 年 9 月

岁月给我带来很多东西

龚纯

一个年轻的女孩问我，他是不是坏蛋
事实上她已坠入爱河而他毫无疑问
是狂蜂，花朵上的游客。
他们频繁见面，在草坪假山前
有时沿着湖岸散步，去到小树林中。
亲密关系的痛苦，不是惺惺作态
而是伴随着身体的欣喜与，不由自主。
他们活在全新版本的世界里，爱情
似乎为涉险而存在。
诗歌贡献谜语，源源不断地带来偏爱
伤情与孤独。
此时，2018 年 5 月 12 日星期六 23 时 58 分
听到布谷鸟鸣叫，在上海，嘉定
安亭，楚国人黄歇安营扎寨的地方。
它远远地问我，中心摇荡，是不是神魂
没有看守。又或者
形同几年后她对他了无挂碍，是不是

另一种形式的，死亡。
谢克顿作如是想，一个难以平息的
淬炼成钢的意志锐利生成：
我的个人情感没有被最终破坏，仍以碎片
方式得以幸存。即便游客归来
我也会老实作答，她已经永远地离开
岁月给我带来很多东西都已被拿走，但以我
越来越老，作为补偿。

2018 年 5 月 13 日

在新安江观捕鱼表演

进进

以江色为背景
演员们在船上模仿
先祖捕鱼的场面
渔网、鱼叉、鸬鹚依次出场
鼓声震荡

网撒下去
入网的大鱼打破我的疑虑
但因这条鱼的归宿问题
我忘了为表演者喝彩

如果鱼的记忆只有七秒
作为“演员”的鱼
每天一次又一次“表演”被捕
是幸还是不幸

2019 年 7 月 30 日

时光

易水寒

时光有痕
刻在眼角
一条条沟壑里游着
多年前的鱼
它们带着欢乐和忧伤
左突右撞
弄成一条鱼尾状

时光狡黠
在夜幕里做事
盗走一个人的青春
弄坏一个人的牙齿
以为做得诡秘
可月亮看到它屠刀闪过
留下了一道血痕

照片开始泛黄

牙齿开始脱落
太阳从东窗爬上
飘忽回到西山
一些痕迹落在家谱上
把生动的面孔
压成工整的笔画
我高大的父亲
化作了一个名字

2019 年 11 月 10 日

时间的几个细节

夏杰

草皮上的小径是多出来的一分钟
用来干吗呢?
细心的人拆成六十秒，每一秒里放入
一头耕牛，哦，一百二十只犄角
足可顶破一项孤独
有人问起牛会不会掉毛?
他笑出了一群白鹭
说说粗心的人刚吃了一块红烧肉
满嘴油腻还未成为画家
像一嘴猪毛在练笔
他极力克制喷嚏
不然美味就少了一毛钱或者更多
他放下筷子，走出去
天空在光线里少了一碗云彩

2019 年 8 月 16 日

我的生活

西兰

我有左右为难的生活
有偏安一隅的避世情怀
我想要新鲜的果蔬和花草
长在自家庭院的土壤里
有我的陪伴和牵挂

我有两尾斗鱼
一条蓝，一条红
它们在各自的玻璃鱼缸中
彼此观望
有斗来斗去的心思
咫尺天涯
但不能从水中跳出

偶尔仍想起

生活中最辽远的事
和未知的自己

2019 年 8 月 22 日

冷遇，无处不在的墙

西兰

旅途，将人们安置在一个空间
他们娱乐自己的方式
与沉睡的人无关

有人被莫名指责
冷遇，是一面无处不在的墙

村口的荷花池是原生态的
大片荷叶簇拥着
浅粉色的花
那些白墙灰瓦的农舍
几位乘凉的人
仿佛发现了商机
冷遇又是另一种默契
可还是被无礼地厄令不准拍照

娇嫩的真丝衣服飘逸鲜亮

在夏日烈光下
天然柔软
高级、高档、高温
宜被汗渍渲染变色

山泉的通道
隐蔽狭窄
有人相信无人问津的
泉水，同样遭到了冷遇

2019 年 7 月 29 日

青山绿水入怀

韩墨

一

山外青山外青山，递出一叶扁舟
停船暂问，笑问客从何处来？
九尺溪水入怀，十里梅花入城

客居他乡，心怀天下，在人境结庐
无车马喧，无丝竹乱耳
随手撩一丝琴江水的弦

南山的梅花开了
西山的梅花落了
落到铜盆里，就涟漪，就止水

沿蕨类植物的台阶下延
可以看见半城灯火南迁
蜿蜒如丝绸，月光和酒的弧度

耕读传世，以芭蕉叶写方言

四角的天空，有梅花香自苦寒来

书脊犹如龙骨，自山南而岭西，龙啸九天

2017 年 4 月 26 日

雨水节令中稀薄的光

罗书銾

似乎每一个节令都是孤绝
雨水之时，本以为哗啦啦地热闹
一对彷徨的翅膀足够证明
冬天，迟迟未离去
占满了前面铁灰色山道

我们，匆忙来往
行走之云，亦逐渐在枯萎
已经过了一个秋冬的藤蔓
被一滴露水加重了惆怅

那些寄予来生的粉蝶
显得多么稀薄
光线从它们身体中央穿过
原来，可以这样生活
也可以这般死亡

2017 年 2 月 27 日

废弃的桑树

进进

我见过那些桑树被人照顾的样子
而蚕种厂的倒闭
给了它们自由
几百亩桑园，枝桠横生
并冲破了多年以来的高度
藤蔓植物攀上树顶摇曳
像是来看，关于丝绸争斗的笑话

但荒废，依然可以结出果实
喂养鸟儿
似乎，这也能成为一个好消息

2018 年 12 月 5 日

柳舍，我喊你的名字

胡权权

柳舍，原谅我这么大声地
喊你的名字
与你其实并不遥远，只隔开几个清凉的夜
知道你不是到处张扬的人
这么多年，在湖畔独守清幽

风从湖面吹来，树叶抖开身后的静谧
开着的，或闭着的门窗
总是沉默寡言，等黄昏来临
才有闪烁的灯火亮起
那昏暗的、含羞的样子

此时，除了辽阔的暮色，还有一层层
远处卷来的涛声
这缓慢的蔓延，让你深陷孤寂

我听见零落的树叶在旷野里一声声叹息
而这一刻，我最想的就是一把抱紧你

2017 年 5 月 8 日

刹那芳华

钱十一

就像你说的：刹那芳华
这梦境有些关不住。蕙质兰心？也罢
也罢

白日放歌，青春做伴
已经无乡好还了。还是稍纵些酒吧
还是稍种些花吧

我在西湖遇见你，被一场雨赶了又赶
淋断了歪脖树
淋湿了小红鞋

似乎，还差一个脚步
就圆满了
再给一个千年，兴许能快乐些

2018 年 7 月

杯酒慰平生

罗书銤

很多时候，我会穿过一片林子
林子外的光线投射在昆山高铁站
树冠，并不高大
都有一个影，孑然

和老师对酣已经不是一天，或一年
高铁站上的一行大字
早已失掉了水分
春天百花，冬天伏草
见证了我们每次酒后
一个朝北，一个往南

走着走着，时常就会遇见一叶绿芽
抑或一瓣枯叶
它们的状态特别好
无论活着还是死去
都仿佛在和空气争论什么

不知它们会不会去算卦
相不相信命运
当然，这些并不重要
至少和它们经常并行的两个人
已习惯于靠一杯杯沙优
来说说已是陈旧的春秋

2017 年 7 月 4 日

抽雪茄

胡权权

为了救活这
忽明忽暗的星火
我必须嘴对着嘴，给这支雪茄
做一次人工呼吸

一不小心，我呛了
眼泪鼻涕甚至胆汁，差一点
把自己的魂也呛了出来
我开始喜欢上古巴人，或者多米尼加人
柔韧的大腿和古老的技艺
他们用手和大腿搓巴搓巴
就把加勒比海湾不可言说的美妙和香气
卷进了深褐色的烟草里，密不透风
想要得到这些，你必须
经历近乎磨难一样的考验

2019 年 11 月 3 日

秋日

钱十一

江山沦陷在
一小片叶子上
叶子里有许多河流，我还未曾
渡过；落日照大千
对岸是不同的景致
——辣椒我最爱
然后是茄子、玉米
菊花拉着我
向水稻拜了一拜

2019 年 10 月

钟声

冷眉语

一群早起的鸟儿扑拉拉
在寺外的几株大树间飞来飞去
穿过透明雾岚的钟声很轻
顺着鸟儿的羽翼，滑出很远，很远
山和石头在曦光中一点点柔和起来
屋顶升起温馨的炊烟
一波三折后，河流在大地的掌心
慢慢趋于平缓
鸟儿也是轻的
天空触手可得
有些飞过矮墙
那盘旋之姿优美，恰如某种神谕
这时候，小喇嘛和往常一样
为它们撒上一地稻谷
它们稳稳落下
我的心也为之安静
看它们一粒一粒啄食，从容，警惕

再次起飞，盘旋，接近钟声内部的弧度
某种吻合使人惊讶而虔诚
老喇嘛圆寂后，寺院改革
大红大紫。新闻头条
一波又一波，高过祈福的钟声
人们进入寺内，上香，膜拜
将身体低下去
低至尘埃里

2018 年 9 月 8 日

峡谷景廊

冷眉语

一条峡谷穿越奇峰绝壁
一道急水凭空奔出
一条石径攀折白云深处
“三姐妹”“三仙人”
以神的姿态
日流豆米

我徘徊在石林与枫林之间
不肯离去。注定
我要替吹拂的人
脱下自己
完成一次过渡

我有海市蜃楼的虚幻
天空与碧潭抱紧的鸥啼的凄厉
我被你召唤。从早晨的山顶
到黄昏的飞瀑

以涅槃的方式
曝出生命的底色

此时，天空倾泻下它的微风和星斗
仿佛整个世界属于黄昏
属于我

2017 年 9 月

秋雨

江浩

明晃晃的柱子
撑得天空越发高远
众生直起腰。看清

自己的果实
雨，把果子擦亮，催红
也把果子打落，任其腐烂

月亮于瓦罐中破碎。诤言
在石头里挣扎

2018 年 10 月 24 日

秋雨霏霏

何玉忠

直到现在我终于明白
那一道道闪电，一声声闷雷
分明就是对雨的思念，让雨丝从容地穿过小巷
不再孤独
我还看见，在整齐的弧光里，雨轻轻飘落
窗下，梧桐的叶子绿了，草青了，玫瑰鲜艳欲滴
河床敞开胸膛，让这群来自天外的精灵
有回家的感觉
你听，那隆隆的雷声，那沙沙的飘雨
是不是一问一答，是不是相关默契
只是我们这些凡夫俗子，不晓得他们之间
最深层次交流的真正含义

2018 年 3 月

玻璃栈道

刘亚武

这玻璃下面的世界
并非虚无，它只是向你呈现
那隔断的另一半山体

只是让你看清
那无法连接的过去，虽然许多年前
我们曾来自那里

此刻云雾很大，我走得决绝
你却战战兢兢，不敢随我完成
这剩余的天路

仿佛我和你之间
依然绵延着三十年的山道
一道玻璃就可以阻隔

仿佛你并未来过

这透明的栈道

唯我一人怆然独立，上下虚空

2018 年 5 月

夏日白云的到来

龚纯

坐在窗前看白云，感觉我们在同行
心里知道，不会同行很久。
开始我以为获得了一种前所未有的缱绻之情——
很多很多，珍贵无比。

就像晚来的白云大面积涌现，落日恢宏
壮丽，如同不可更选的福祉。
一切想象都良善，一切匆匆而过也属好心——
白云自然无法巧取褫夺。

白云自然无法为谁恒守家乡与灵魂
就像提出忽然增多的要求，就像无所适从的圣手
美德与苦行，前后推辞与失矩——
白云在身上移动，人能年轻几岁？

白云并非我们真实的领土，干涉极为愚蠢
故作轻松散去，才可避免颜面扫地。

我曾以为我太过幸运，觉得白云带来深情——
它使天空蓝得要命，就像头破血流人也要站立。

我曾经那样憨直，不着边际——
如今远远地看着，充满怀念般的宁静。

2017 年 7 月 31 日

袜底酥行走江南

蓝鸿

一粒米嫁入农家
以面粉的姿态，与各式佐料和睦相处
一双巧手反复揉和，把风霜雨雪
揉出温情，把吴侬软语揉进酥脆

江南乡野的纯正标志
以袜底的形状行走江南
透明薄，流着乡野小溪的纯净
沁人香，是葱白与芝麻相濡以沫
奇脆酥，是渗入骨髓的江南风情

木炭与煤火热相拥
黑眸与巧手配合默契
香味在时间的脉络里窜动
唇齿之间，庄稼人把皇帝与妃子
点缀成芝麻，有的咸酥，有的甜脆

2018 年 3 月

喜鹊

西兰

喜鹊筑巢那年
母亲还健在
我们也都住在老屋

母亲坐在屋檐的走廊里
看着喜鹊来来回回
踩点般选址

喜鹊衔着干草回来
给母亲的日子带来生机
有时候打盹的母亲
在喜鹊的叫声中醒来
神情安详

初春的阳光很少
母亲坐在走廊里的时间

越来越多，现在

仿佛还能听到她和喜鹊对话

2019 年 12 月 25 日

睡雪

书文

只有它才能覆盖灵魂
让躁动的尘埃静静入睡
让喧嚣的执念，慢慢合上双眼，残绿睡着了，落叶睡着了

所有的欲望睡着了，一切痕迹沉睡了，力量的语言
再也发不出力量
显现已不显。把一缕剩烟送上虚空
曾经，不可一世的彩绘
无奈地，退出了白骨，真实得无能为力

唉！太美妙，这就是我紧合双眼后
需要的结局，那样纷纷扬扬，干净无瑕，连梦的残渣
都未曾落下……

2018 年 1 月 24 日

世界在閱讀中睡去

新

THOUGHT-ISLE

屿